Analyse de l'œuvre

Par Sandrine Guihéneuf
et Alexandre Randal

Inconnu à cette adresse

de Kathrine Kressmann Taylor

lePetitLittéraire.fr

Rendez-vous sur lepetitlitteraire.fr et découvrez :

Plus de 1200 analyses
Claires et synthétiques
Téléchargeables en 30 secondes
À imprimer chez soi

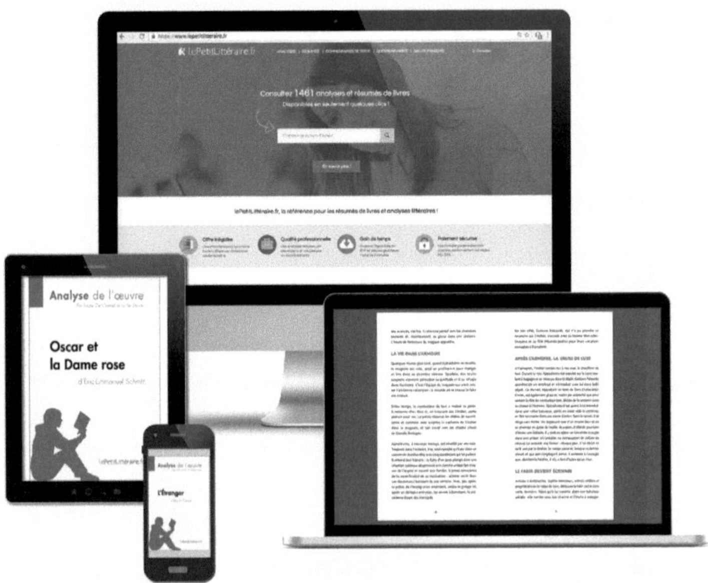

KATHRINE KRESSMANN TAYLOR

ÉCRIVAINE AMÉRICAINE

- **Née en 1903 à Portland (États-Unis)**
- **Décédée en 1997 dans le Minnesota (États-Unis)**
- **Quelques-unes de ses œuvres :**
  - *Jour sans retour* (1942), roman
  - *Ainsi rêvent les femmes* (2006), roman
  - *Jours d'orage* (2008), roman

Kathrine Kressmann Taylor, américaine d'origine allemande, nait en 1903 à Portland et meurt en 1997 dans le Minnesota. Après l'obtention d'un diplôme de littérature et de journalisme, elle devient correctrice et rédactrice dans la publicité. En 1928, elle épouse Elliott Taylor.

Choquée par l'attitude antisémite d'anciens amis allemands et s'inspirant de leurs lettres, elle écrit *Inconnu à cette adresse*. Le succès de la nouvelle, publiée dans *Story Magazine*, lui permet de se consacrer entièrement à l'écriture. Suivent *Jour sans retour* (1942), *Ainsi mentent les hommes* (2004), *Ainsi rêvent les femmes* (2006) et *Jours d'orage* (2008).

INCONNU À CETTE ADRESSE

UNE CORRESPONDANCE ATYPIQUE

- **Genre :** nouvelle épistolaire
- **Édition de référence :** *Inconnu à cette adresse*, traduit de l'anglais par Michèle Lévy-Bram, Paris, Le Livre de Poche, 2004, 89 p.
- **1ʳᵉ édition :** 1938
- **Thématiques :** correspondance, antisémitisme, vengeance, mort, haine, nazisme

Inconnu à cette adresse, paru en 1938, prend la forme d'une correspondance épistolaire fictive entre deux amis, un Juif américain, Max Eisenstein, et un Allemand, Martin Schulse. Tous deux sont associés dans le commerce de tableaux à San Francisco, lorsqu'en 1932, Martin décide de retourner dans son pays natal. Les deux amis s'écrivent alors des lettres qui abordent à la fois leur commerce et leur amitié. Au fil de la correspondance, les rapports entre les deux hommes changent, car la politique joue un rôle de plus en plus important dans leur vie. Leur amitié ne résiste pas à la montée du nazisme et à l'adoption par Martin des thèses de la propagande hitlérienne.

RÉSUMÉ

UNE CORRESPONDANCE AMICALE

Max, un Américain d'origine juive, écrit à son ami Martin, un Allemand, qu'il considère comme son frère. Il évoque le retour en Allemagne de ce dernier – tandis que lui-même est resté à San Francisco –, ainsi que la façon dont se portent leurs affaires communes dans le marché de l'art : celles-ci sont fructueuses malgré la conjoncture actuelle. Il en éprouve cependant une certaine honte, car leur marché n'est pas entièrement honnête. Il lui donne également des nouvelles de sa sœur Griselle, actrice, avec laquelle Martin a eu une liaison, et lui demande la permission de lui communiquer son adresse afin qu'elle puisse aller le voir à Berlin. Celui-ci accepte et affirme qu'il l'accueillera volontiers chez lui à l'occasion.

Martin raconte à son tour son installation en Allemagne. Il a pu acquérir une somptueuse maison ainsi que du mobilier de grande valeur pour un prix dérisoire. Sa femme, Elsa, est heureuse de leur situation, ainsi que leurs trois enfants. Par contre, la famille d'Elsa a moins de facilités : la vie en Allemagne coute cher.

LA MONTÉE DU NAZISME

Max fait part à son ami de ses inquiétudes concernant l'ascension du nazisme en Allemagne et les persécutions que subissent les Juifs. Il craint d'ailleurs pour sa sœur Griselle, partie à Berlin, et demande à son ami de lui donner de ses nouvelles.

Malheureusement, Martin ne voit pas la situation du même œil. Même s'il éprouve également quelques inquiétudes quant aux idées de Hitler, désormais chef du gouvernement, il ne peut que reconnaitre l'effet bénéfique qu'il a sur le pays et faire preuve d'allégeance au nouveau gouvernement. Il a d'ailleurs accepté une fonction d'élu au conseil municipal.

Peu à peu, leur relation change et Martin est contraint de répondre à Max sur du papier à lettre de sa banque, car il estime qu'il est désormais dangereux pour lui de correspondre de manière privée avec un Juif. Aussi lui demande-t-il de ne plus lui écrire, sauf en cas d'urgence et au dos des traites de la banque, car le courrier est surveillé.

Acquis à la cause hitlérienne, Martin est fier de la renaissance de son pays. Il annonce également à Max que Heinrich, son fils ainé, est entré dans les rangs des jeunesses hitlériennes. Il souhaite donc interrompre sa correspondance avec Max, car ce dernier, étant Juif, est incapable de comprendre son point de vue et ne pourra que défendre les siens. Il clôt sa lettre par un « Cordialement ».

Troublé par cette lettre, Max écrit à Martin par l'intermédiaire d'un ami américain qui se rend en Allemagne. Il ne comprend pas l'attitude de son ami, et pense que celui-ci cherche uniquement à éviter la censure et les représailles. Il lui demande de le rassurer en lui envoyant un « Oui » afin de le conforter dans l'idée que Martin ment dans sa précédente lettre. Malheureusement, ce n'est pas le cas : pour Martin, leur amitié est de l'ordre du passé.

UNE TERRIBLE VENGEANCE

Max se sent trahi. La peur de perdre sa sœur le pousse à reprendre contact avec Martin qu'il supplie de veiller sur elle. De son côté, il a appris que Griselle avait été huée par le public et que, obligée de se cacher, elle projetait d'aller se réfugier chez des amis à Munich. Son inquiétude ne cesse de croitre : il n'a plus aucune nouvelle de sa sœur et sa dernière lettre lui est revenue avec la mention « Inconnue à cette adresse ».

Lorsque Martin lui répond, c'est pour lui annoncer le décès de Griselle. Il l'a un jour trouvée devant sa porte, épuisée, mais il a refusé de la cacher pour ne pas avoir d'ennuis. Sous prétexte de l'aider, il lui a conseillé de se réfugier dans le parc voisin alors qu'il avait aperçu les S.A. sortir de ce parc. Ces derniers l'ont alors capturée et abattue. Martin termine sa lettre en précisant qu'il ne veut plus rien avoir à faire avec des Juifs. Tout contact avec eux est mauvais pour lui, car la surveillance et la censure s'intensifient.

Totalement dépité, Max envoie un télégramme à Martin dans lequel il dit « accepter les termes du contrat ». Il ne signe plus de son prénom, mais de son patronyme, Eisenstein. Sachant que le courrier est étroitement surveillé, il décide, par vengeance, de lui envoyer de nombreuses lettres rapprochées les unes des autres, dans lesquelles il place pléthore de nombres afin de faire croire à un complot juif dans lequel Martin serait impliqué. Il évoque la création d'une Ligue des jeunes peintres allemands, la surveillance du marché et un départ possible de Martin en Suisse. Il mentionne aussi la météo de manière suspecte et termine ses lettres par des allusions claires à la religion juive. Il demande à Martin de lui envoyer des reproductions de Picasso en assortissant sa demande d'indications chiffrées.

Ces lettres sont bien évidemment jugées dangereuses par la censure. Martin supplie alors Max d'arrêter : il a été convoqué par les nazis à cause de ses missives et il risque d'être arrêté ou exécuté. Il a déjà été révoqué du conseil municipal, plus personne ne veut les recevoir, lui et sa femme, et son fils Heinrich a été renvoyé des jeunesses hitlériennes.

Malgré cela, Max continue ses envois. Il y parle de la météo en annonçant un orage, manière d'insinuer qu'un évènement important va se produire en Allemagne, et cite la date de l'exposition de la Ligue qui aura lieu à Berlin. Il écrit qu'il espère que Martin a pu obtenir le soutien nécessaire en Allemagne et lui annonce qu'il a envoyé une personne à Berlin et dans d'autres villes pour déposer des tableaux. Il conclut par le souhait de réussite de leur projet.

Une dernière lettre est ensuite envoyée, mais celle-ci n'arrivera jamais à son destinataire. Elle revient à Max avec la mention « Inconnu à cette adresse ».

ÉTUDE DES PERSONNAGES

MAX EISENSTEIN

Américain de 40 ans d'origine juive, Max est célibataire et très attaché à sa sœur Griselle. Il possède une galerie d'art prospère à San Francisco, la galerie Schulse-Eisenstein, avec son ami Martin Schulse, qu'il considère comme « un frère » (lettre 7, p. 46).

Au début de la nouvelle, c'est un homme intègre et humaniste. Il croit beaucoup en son amitié avec Martin. Lorsque son ami retourne en Allemagne, il est d'ailleurs nostalgique des moments passés avec ce dernier et ressent un profond sentiment de solitude : « Le dimanche matin, je me sens désormais bien seul. » (lettre 1, p. 10) Il l'encense, le considérant comme un homme idéal et rêvant d'avoir sa vie : « vos merveilleux garçons » (lettre 1, p. 11) ; « je n'ai pas ton merveilleux savoir-faire » (lettre 1, p. 13).

Lorsque le pouvoir des nazis s'accroit, il est très inquiet et fait part de son angoisse à Martin, pensant recevoir son soutien. Il l'est d'autant plus que sa sœur doit se rendre à Berlin : « Si les sentiments antisémites sont une réalité, elle ne doit à aucun prix s'aventurer en Allemagne en ce moment », dit-il (lettre 5, p. 37). Il demande alors instamment à Martin de se renseigner pour voir si elle n'est pas en danger.

Très attristé par l'attitude de son ami qui dit ne plus vouloir correspondre avec lui, dans un premier temps, il pense – et souhaite – que ce dernier agisse par peur de la censure : « Elle te ressemble si peu que je ne peux attribuer son contenu qu'à ta peur de la censure », dit-il à propos de la lettre que Martin vient de lui envoyer (lettre 7, p. 46). Ensuite, lorsqu'il comprend que son ami est acquis à la cause nazie, il s'estime trahi (Martin lui avait dit : « Nous ne renoncerons jamais à l'authenticité de cette amitié », lettre 4, p. 34).

Après la mort de sa sœur, par la faute de Martin, il n'a plus qu'un seul souhait : la venger. Plutôt que d'en discuter, il choisit la vengeance froide et calculée, élaborant un plan machiavélique qui révèle un homme implacable et insensible. Ainsi, le contenu des lettres se fait de plus en plus compromettant et accrédite la thèse d'un complot d'origine juive dans lequel Martin serait impliqué. Max use de tous les moyens afin de rendre Martin suspect aux yeux des nazis : les lettres ne sont plus signées Max mais Eisenstein ; les noms à consonance juive abondent ; des formules religieuses apparaissent désormais systématiquement au bas des lettres (« Nos prières t'accompagnent, cher frère », lettre 14, p. 72), etc. La deuxième partie de la nouvelle est entièrement consacrée à l'histoire de la vengeance de Max, qui utilise la censure et la police nazie comme instruments pour parvenir à ses fins. Son plan portera ses fruits puisque la fin laisse présager que Martin a été tué.

MARTIN SCHULSE

Martin, un Allemand de 40 ans, est marié à Elsa et a quatre enfants (Heinrich, Karl, Wolfang et Adolf). Avec son ami Max, il possède une galerie d'art à San Francisco. En 1932, il décide de rentrer en Allemagne, à Munich, afin de retrouver ses racines. Matérialiste, il est essentiellement préoccupé par son niveau de vie. Il se réjouit d'avoir pu acheter une propriété immense pour « un prix dérisoire » (lettre 2, p. 18) et est heureux d'être « très admiré, pour ne pas dire très envié » (*ibid.*).

Quand il rentre en Allemagne, au vu de la misère dans laquelle il retrouve son pays, il pense qu'Hitler pourra être bénéfique pour le pays. Il reconnait la nécessité pour l'Allemagne d'avoir un chef capable de sortir le peuple du désespoir. Petit à petit, il commence même à vénérer celui qui se fait surnommer le Führer (« Il électrise littéralement les foules », dit-il, lettre 5, p. 37 ; « On a trouvé un Guide », lettre 6, p. 41).

Lorsque les choses prennent une tournure inquiétante, il commence par éprouver quelques doutes mais trouve vite de bonnes raisons pour minimiser les actes du dictateur : « Il ne s'agit peut-être là que d'incidents mineurs » (lettre 4, p. 30). Par ailleurs, voulant jouer un rôle dans la vie politique, il adopte un comportement opportuniste. Martin, par libre choix, devient donc un personnage officiel au service du nouveau régime.

À partir de la troisième lettre, il proclame même, sans honte, son antisémitisme, déclarant qu'il lui est désormais impossible de correspondre avec un Juif. Il se livre également à une véritable attaque contre la race juive qui est, selon lui, « une plaie ouverte pour toute nation qui lui a donné refuge » (lettre 12, p. 68).

Il fait preuve d'une lâcheté sans nom et d'un manque de

tact quand il annonce sans égards et sans remords à son ami que Griselle, qu'il a pourtant aimée et dont il disait dans sa première lettre qu'elle serait bien accueillie, est morte. Il justifie sa non-intervention en expliquant qu'il aurait fait courir trop de risques à sa famille et qu'il aurait tout perdu « pour avoir tenté de sauver une Juive » (lettre 12, p. 66). Il minimise sa responsabilité en essayant de montrer qu'il n'aurait pas pu faire autrement. Il va jusqu'à expliquer qu'il a tout de même oublié un moment ce qu'il appelle son devoir de patriote : il aurait dû « la retenir et la remettre sur le champ aux S.A. » (lettre 12, p. 67), mais il l'a laissé fuir.

GRISELLE

Figure de second plan car elle n'écrit pas les lettres, Griselle Eisenstein est la jeune sœur comédienne de Max, avec laquelle Martin a eu une liaison passionnée et orageuse. Max et Martin s'entendent à la trouver belle. Passionnée et courageuse, elle connait le succès à Vienne jusqu'en juin 1933. Si son nom de scène n'a pas de consonance juive, « tout, chez elle, trahit ses origines : ses traits, ses gestes, la passion qui vibre dans sa voix » (lettre 5, p. 37). Elle est fière d'être juive et le clame haut et fort. Orgueilleuse, elle n'est pas prête à renoncer à son succès. Elle trouvera la mort à la fin de la nouvelle, après avoir tenté de trouver refuge chez son ancien petit-ami.

CLÉS DE LECTURE

SCHÉMA NARRATIF

Situation initiale : c'est le début de l'histoire, le moment où on plante le décor et les personnages, de manière à assurer la bonne compréhension du récit par le lecteur.

- L'incipit présente une relation d'affaires entre deux hommes également liés par une étroite amitié. Ce sont deux marchands d'art : l'un, Max Eisenstein, est un Juif américain, tandis que l'autre, Martin Schulse, est allemand. Le premier, célibataire, vit à San Francisco et le deuxième, marié et père de quatre enfants, est rentré dans son pays natal et vit depuis à Munich.

Élément perturbateur : c'est un évènement qui vient perturber la situation initiale.

- Il s'agit de l'annonce de la mort de Griselle à Max (sa sœur, qui était partie en Allemagne en tant qu'actrice) et de la responsabilité de Martin dans cette disparition (celui-ci, qui a adopté l'idéologie nazie, n'a pas apporté son aide à la jeune femme, lettre 12).

Péripéties : ce sont les évènements provoqués par l'élément perturbateur.

- Max décide de se venger de Martin. Pour cela, il continue à lui écrire des lettres en faisant comme si ce dernier était lié à un complot juif (il insère dans ses lettres des formules rituelles juives, ainsi que des simulations de codes), sachant pertinemment que le courrier de Martin est surveillé par la police nazie. Son but est de le faire arrêter. De son côté, Martin, impuissant, ne peut que supplier Max d'arrêter.

Dénouement et situation finale : il s'agit du résultat, de la fin de l'histoire, parfois inattendue.

- La dernière lettre de Max lui revient avec la mention « Inconnu à cette adresse ». Sa vengeance a donc été accomplie : Martin est mort.

GENÈSE DE L'ŒUVRE

La postface de la nouvelle, écrite par le fils de l'auteure, révèle que l'idée d'écrire ce texte lui est venue en lisant l'entrefilet d'un journal qui informait que des étudiants américains émigrés en Allemagne avaient révélé à leur famille les atrocités nazies, mais leurs propos n'avaient pas été pris au sérieux par leurs proches en Amérique. Ceux-ci ont répondu en retour qu'il devait être amusant de leur envoyer des lettres dans lesquelles ils se moqueraient d'Hitler, ce à quoi les étudiants ont répondu très justement qu'il était possible de condamner quelqu'un en lui écrivant une simple lettre. De là est née cette idée, que Kressman Taylor a transformée en nouvelle épistolaire, de « lettre comme une arme meurtrière » ou « d'homicide par la poste ».

Cette nouvelle, écrite avant le début de la guerre, met en lumière les atrocités commises par l'Allemagne nazie et fait de Kressman Taylor une des premières dénonciatrices de ce régime. À l'époque, très peu de personnes ont accepté de voir les choses en face : les persécutions à l'encontre du peuple juif commencent pourtant dès le 1er avril 1933 par le boycott des commerces juifs. Les choses s'accélèrent 5 ans plus tard avec l'abolition du statut légal des communautés juives à partir du 28 mars 1938. Cette escalade de la haine mènera à la création du premier ghetto en Pologne le 8 octobre 1939 et conduira les nazis à mettre en place la solution finale, c'est-à-dire l'assassinat en masse des populations juives d'Europe. Les monstruosités commises par les nazis prendront beaucoup de temps à être comprises et acceptées, personne ne se rendant réellement compte de ce qu'il s'est réellement passé dans les camps de concentration et d'extermination. Ce n'est qu'en 1945, à la libération des camps, que le monde découvre l'horreur.

UNE NOUVELLE HISTORIQUE ET ÉPISTOLAIRE

Le genre de la nouvelle

Inconnu à cette adresse appartient au genre de la nouvelle, qui présente les caractéristiques suivantes :

- elle est brève. Ici, le texte ne comprend que 19 lettres, dont un câblogramme, et aucune ne dépasse quatre pages ;
- elle se concentre sur un seul évènement, la fin de l'amitié de Martin et Max, et la vengeance de ce dernier ;
- elle se déroule sur un laps de temps très court. Les évènements relatés s'inscrivent entre le 12 novembre 1932 et le 3 février 1934, soit dans un laps de temps d'à peine quinze mois et demi ;

- les personnages sont peu nombreux. Dans *Inconnu à cette adresse*, il n'y a que trois personnages (Max Eisenstein, Martin Schulse et Griselle Eisenstein) ;
- elle présente une chute inattendue ou surprenante. La dernière lettre de Max revient avec un tampon postal indiquant qu'elle n'a pas trouvé son destinataire.

Une nouvelle historique

Le récit a pour toile de fond l'ascension du nazisme. L'arrivée de Hitler (1889-1945) au pouvoir en 1933 est capitale dans l'histoire, puisque c'est parce que Martin adhère à l'idéologie nazie, que son amitié avec Max est brisée, ce qui aura des conséquences terribles. En cela, on peut dire qu'*Inconnu à cette adresse* est une nouvelle historique.

Un récit historique a pour principale caractéristique de mêler des éléments réels et des éléments fictionnels, ce que nous retrouvons précisément ici : d'une part l'auteure donne à l'histoire un cadre historique réel, d'autre part les personnages de Max et Martin sont fictionnels, de même que leur correspondance et leur histoire personnelle.

Plus précisément, la correspondance des deux amis renseigne le lecteur sur l'évolution de la situation politique en Allemagne entre 1932 et 1934, au moment où Hitler s'impose peu à peu. Ainsi, les lettres évoquent des faits historiques bien précis. On apprend que :

- le général Kurt von Schleicher (1882-1934) est désigné chancelier le 3 décembre 1932, Hitler n'ayant pas obtenu les pleins pouvoirs (lettre 2) ;

- Hitler obtient les pleins pouvoirs le 23 mars 1933 (lettre 4) ;
- le parti catholique se dissout le 4 juillet 1933 (lettre du 18 aout 1933) ;
- la loi proclamant l'unité entre le parti d'Hitler et l'État est votée le 1er décembre 1933 (lettre 12) ;
- l'Église évangélique déclare se loyauté envers Hitler le 27 janvier 1934 (lettre 17).

LES RAISONS DE LA MONTÉE EN PUISSANCE DU NAZISME EN ALLEMAGNE

Lorsqu'Hitler accède aux pleins pouvoirs le 30 janvier 1933, le pays est en plein marasme économique : la crise économique de 1929 est toujours bien présente et le nombre de chômeurs a atteint le chiffre record de six millions. Très rapidement, la mise en place d'une politique de grands travaux publics permet de résorber le chômage en créant de très nombreux emplois. Par ailleurs, ce sont également les conditions de vie des Allemands qui s'améliorent progressivement, alors que les cruautés commises à l'encontre des Juifs n'en sont qu'à leurs débuts. Trois ans plus tard, le nombre de chômeurs est divisé par 3, avant d'être réduit à moins de 500 000 à la fin de l'année 1938. À partir d'octobre 1936, le plan de quatre ans est appliqué en Allemagne. Celui-ci permet de diriger l'économie allemande vers l'autarcie et de se réarmer massivement avant une possible guerre.

Une nouvelle épistolaire

Enfin, *Inconnu à cette adresse* est également une nouvelle épistolaire dans le sens où elle est entièrement composée des lettres que s'écrivent Max et Martin. Plusieurs caractéristiques des récits épistolaires sont ainsi présentes :

- pour chaque lettre, il y a une ouverture comprenant l'indication du destinataire ;
- on trouve des marques de la présence du destinataire dans le corps de la lettre ;
- l'émetteur mentionne le lieu et le moment de rédaction ;
- enfin, chaque lettre se clôt par une formule de politesse ou d'adieu et une signature.

L'univers fictionnel créé par le genre épistolaire repose sur l'illusion de l'authenticité et du naturel. On a l'impression qu'il s'agit d'une véritable correspondance.

Précisons encore que, puisque le récit consiste en une correspondance, on y décèle une esthétique de la litote. Il s'agit d'une figure de style qui consiste à en dire moins pour faire sentir plus. Comme le lecteur n'a accès qu'aux lettres des deux amis, certaines informations lui sont inaccessibles, puisqu'aucun narrateur extérieur n'intervient pour expliquer certains éléments qui sont seulement évoqués dans les lettres. Cela a pour conséquence de le rendre plus actif. L'exemple le plus parlant apparait dans le traitement du personnage de Griselle : il s'agit d'un personnage central puisque toute l'intrigue tourne autour d'elle, mais nous ne la connaissons qu'à travers les yeux de Max et de Martin.

UN SUCCÈS DE LIBRAIRIE

Lors de sa parution aux États-Unis en 1938 dans la revue *Story Magazine*, les exemplaires comprenant *Inconnu à cette adresse* sont épuisés en seulement dix jours. Le succès est tel que la revue *Reader's Digest* en propose même un résumé pour ses millions de lecteurs. L'année suivante, la nouvelle est publiée par la maison d'édition *Simon & Schuster* et parait en librairie où elle s'écoule à 50 000 exemplaires, un chiffre exceptionnel pour l'époque. La critique est dithyrambique comme en atteste cet éloge publié dans le *New York Times* : « Cette histoire moderne est la perfection même. C'est la plus efficace mise en cause du nazisme dans une œuvre de fiction ».

Inconnu à cette adresse est réédité en 1992 dans *Story Magazine*, la revue dans laquelle le texte est paru initialement. C'est à partir de ce moment que la nouvelle remporte l'immense succès que nous lui connaissons encore aujourd'hui. Actuellement, la dimension sociale du livre est intacte : contre les nouvelles vagues de xénophobie et d'antisémitisme auxquelles nous faisons face, le texte est un manifeste extrêmement important adressé à notre sens moral. Malgré la dureté de l'histoire, un nouveau public de lecteurs se forme.

Pourtant, à l'époque à laquelle le texte a été rédigé, les femmes sont considérées comme moins légitimes que les hommes pour parler d'un sujet aussi grave. C'est la raison pour laquelle le mari de Kathrine Kressman Taylor et son éditeur décident de lui faire adopter le pseudonyme de

Kressman Taylor, visant de cette manière à faire croire que l'auteur est bel et bien un homme. Cependant son identité est rapidement découverte, et l'auteure est présentée comme une mère au foyer choquée par la montée du nazisme. Lorsqu'il paraitra en France en 1999, cette méprise quant au sexe de l'auteure sera toujours d'actualité. Interdite de publication sous le régime nazi, la nouvelle ne sera finalement publiée en Allemagne qu'en 2001.

C'est pour la dénonciation faite à l'encontre du nazisme que le livre a été plébiscité par ses premiers lecteurs. Lors de sa réédition, c'est sa portée morale et son actualité qui lui ont permis de renouveler ce succès et de l'inscrire dans l'intemporalité.

PISTES DE RÉFLEXION

QUELQUES QUESTIONS POUR APPROFONDIR SA RÉFLEXION...

- Pourquoi l'auteure a-t-elle donné comme titre à sa nouvelle « Inconnu à cette adresse » ? À quoi fait-elle référence ?
- Expliquez pourquoi l'Histoire constitue l'un des principaux ressorts de l'intrigue.
- Montrez comment évolue la relation entre Max et Martin.
- Quand et pourquoi l'amitié entre Max et Martin se rompt-elle ?
- Quelle est la mécanique de la vengeance utilisée par Max et dans quelles lettres peut-on la relever ?
- Retracez l'évolution idéologique de Martin.
- Martin est-il un bourreau ou une victime du régime hitlérien ? Expliquez votre raisonnement en vous basant sur des extraits du livre.
- Quelle morale peut-on tirer de cet échange épistolaire ?
- Selon vous, pourquoi cette nouvelle épistolaire se prête-t-elle mieux au théâtre qu'au cinéma ?
- Pourquoi, selon vous, la nouvelle a-t-elle été interdite en Allemagne ?

POUR ALLER PLUS LOIN

ÉDITION DE RÉFÉRENCE

- KRESSMANN TAYLOR K., *Inconnu à cette adresse*, Paris, Le Livre de Poche, 2004, 89 p.

ÉTUDES DE RÉFÉRENCE

- DURAND J.-J., « La transformation allemande », in *La guerre du millénaire*, consulté le 18 juillet 2016, http://secondeguerre.net/hisetpo/av/hp_transfoallemande.html
- PAQUET A., « *Inconnu à cette adresse* », in *Lettres de l'académie d'Amiens*, consulté le 18 aout 2016, http://lettres.ac-amiens.fr/archives_lettres/lycee/inconnu/page1.htm
- TAYLOR C.D., *Préface à l'édition américaine* d'Inconnu à cette adresse, in *Address Unknown*, Washington, Pocket Books, 2001.

ADAPTATIONS

Inconnu à cette adresse a fait l'objet de nombreuses adaptations théâtrales en France depuis 2001. La première création, cette même année, a été jouée en présence de Charles Douglas Taylor, le fils de l'auteure.

ISBN version numérique : 978-2-8062-8273-6
ISBN version papier : 978-2-8062-8274-3
Dépôt légal : D/2016/12603/275

Avec la collaboration d'Alexandre Randal pour les chapitres suivants : « Genèse de l'œuvre » et « Un succès de librairie », ainsi que pour le complément d'information intitulé « Les raisons de la montée en puissance du nazisme en Allemagne ».

Conception numérique : Primento,
le partenaire numérique des éditeurs.

Ce titre a été réalisé avec le soutien de la Fédération Wallonie-Bruxelles, Service général des Lettres et du Livre.

Retrouvez notre offre complète sur lePetitLittéraire.fr

- des fiches de lectures
- des commentaires littéraires
- des questionnaires de lecture
- des résumés

Anouilh
- Antigone

Austen
- Orgueil et Préjugés

Balzac
- Eugénie Grandet
- Le Père Goriot
- Illusions perdues

Barjavel
- La Nuit des temps

Beaumarchais
- Le Mariage de Figaro

Beckett
- En attendant Godot

Breton
- Nadja

Camus
- La Peste
- Les Justes
- L'Étranger

Carrère
- Limonov

Céline
- Voyage au bout de la nuit

Cervantès
- Don Quichotte de la Manche

Chateaubriand
- Mémoires d'outre-tombe

Choderlos de Laclos
- Les Liaisons dangereuses

Chrétien de Troyes
- Yvain ou le Chevalier au lion

Christie
- Dix Petits Nègres

Claudel
- La Petite Fille de Monsieur Linh
- Le Rapport de Brodeck

Coelho
- L'Alchimiste

Conan Doyle
- Le Chien des Baskerville

Dai Sijie
- Balzac et la Petite Tailleuse chinoise

De Gaulle
- Mémoires de guerre III. Le Salut. 1944-1946

De Vigan
- No et moi

Dicker
- La Vérité sur l'affaire Harry Quebert

Diderot
- Supplément au Voyage de Bougainville

DUMAS
- Les Trois
  Mousquetaires

ÉNARD
- Parlez-leur
  de batailles,
  de rois et
  d'éléphants

FERRARI
- Le Sermon sur la
  chute de Rome

FLAUBERT
- Madame Bovary

FRANK
- Journal
  d'Anne Frank

FRED VARGAS
- Pars vite et
  reviens tard

GARY
- La Vie devant soi

GAUDÉ
- La Mort du
  roi Tsongor
- Le Soleil des
  Scorta

GAUTIER
- La Morte
  amoureuse
- Le Capitaine
  Fracasse

GAVALDA
- 35 kilos d'espoir

GIDE
- Les
  Faux-Monnayeurs

GIONO
- Le Grand
  Troupeau
- Le Hussard
  sur le toit

GIRAUDOUX
- La guerre de
  Troie
  n'aura pas lieu

GOLDING
- Sa Majesté des
  Mouches

GRIMBERT
- Un secret

HEMINGWAY
- Le Vieil Homme
  et la Mer

HESSEL
- Indignez-vous !

HOMÈRE
- L'Odyssée

HUGO
- Le Dernier Jour
  d'un condamné
- Les Misérables
- Notre-Dame
  de Paris

HUXLEY
- Le Meilleur
  des mondes

IONESCO
- Rhinocéros
- La Cantatrice
  chauve

JARY
- Ubu roi

JENNI
- L'Art français
  de la guerre

JOFFO
- Un sac de billes

KAFKA
- La Métamorphose

KEROUAC
- Sur la route

KESSEL
- Le Lion

LARSSON
- Millenium 1. Les
  hommes qui
  n'aimaient pas
  les femmes

LE CLÉZIO
- Mondo

LEVI
- Si c'est un
  homme

LEVY
- Et si c'était vrai…

MAALOUF
- Léon l'Africain

MALRAUX
- La Condition humaine

MARIVAUX
- La Double Inconstance
- Le Jeu de l'amour et du hasard

MARTINEZ
- Du domaine des murmures

MAUPASSANT
- Boule de suif
- Le Horla
- Une vie

MAURIAC
- Le Nœud de vipères

MAURIAC
- Le Sagouin

MÉRIMÉE
- Tamango
- Colomba

MERLE
- La mort est mon métier

MOLIÈRE
- Le Misanthrope
- L'Avare
- Le Bourgeois gentilhomme

MONTAIGNE
- Essais

MORPURGO
- Le Roi Arthur

MUSSET
- Lorenzaccio

MUSSO
- Que serais-je sans toi ?

NOTHOMB
- Stupeur et Tremblements

ORWELL
- La Ferme des animaux
- 1984

PAGNOL
- La Gloire de mon père

PANCOL
- Les Yeux jaunes des crocodiles

PASCAL
- Pensées

PENNAC
- Au bonheur des ogres

POE
- La Chute de la maison Usher

PROUST
- Du côté de chez Swann

QUENEAU
- Zazie dans le métro

QUIGNARD
- Tous les matins du monde

RABELAIS
- Gargantua

RACINE
- Andromaque
- Britannicus
- Phèdre

ROUSSEAU
- Confessions

ROSTAND
- Cyrano de Bergerac

ROWLING
- Harry Potter à l'école des sorciers

SAINT-EXUPÉRY
- Le Petit Prince
- Vol de nuit

SARTRE
- Huis clos
- La Nausée
- Les Mouches

SCHLINK
- Le Liseur

Analyse de l'œuvre
Germinal
Analyse de l'œuvre
L'Étranger
Analyse de l'œuvre
Le Père Goriot
de Balzac
Analyse de l'œuvre
Candide
ou l'Optimisme
Analyse de l'œuvre
Oscar et
Dame rose